魁夷の馬

清水泰子歌集

青磁社

清水正彦画

＊目次

清水泰子歌集

魁夷の馬

クリムトの金

さわつと吹く真夏のあさの風を吸ふ弥勒菩薩の黒光《て》る肌《はだへ》

夏の日の微睡みに寄る肘掛けにとぎれとぎれの田園交響曲

藍青《らんせい》の濃淡をなすスカーフを纏へばゆらり深海の魚

幹に凭れ見あぐる真青の中空に泰山木の花は悠々

夏至の陽に映す影絵の子ぎつねの指を回転《まは》せば観音の印

高く揚ぐるパナマ帽子に砕け散る真夏のひかり赤松の影

黒百合を写さむとして弥陀ヶ原の暑きなだりに伏しし君なり

大嵐にやしろの竹群うち合へりこぽーんばりこーん中空の幹

竹の釘つぎつぎ繰り出し檜皮打つ若き宮大工の指確かなり

宇治川に立つ大銀杏の荘厳にぴたりと嵌まるクリムトの金

大欅千の手なべて白雪をまとひてしづか近寄り難し

冬のひかり映ゆる実相院の襖絵にあでやかに舞ふ群なす鶴は

薬師寺の「水煙」地上に降り立ちて巨き飛天はシャガール思はす

高松塚の女人は壁画を抜け出でて二〇〇五年の茜に舞へり

碌山《ろくさん》美術館の蔦の葉に降るささめ雪　積りて花となりし日はるか

ジョニー・ハートマン

やはらかに烟れる春の楡の木に雨の過ぎゆく鶸色のうれ

しろがねの日輪にじむ曇天を黙してくだる桜木の道

桜花散る白川の里夕されば辺《へ》によみがへる「金色《こんじき》の院」

仰向きてレモン水飲む暁のわがシナプスはしんと冷えゆく

われに伸ぶるブーゲンビリアの花房の訴ふるがに額にふれたり

かろがろとレモングラスの靡きゐる梅雨の晴れ間の丘登りゆく

ジャズ歌手のジョニー・ハートマンの天鵞絨の声にくるまれ夏夜まどろむ

紫海胆採るらし海女のちらほらと荒磯《ありそ》の波の白き辺りに

あこや貝に核埋むるを見し夕べ鳥羽の海原虹色に見ゆ

のびやかなアルトサックス届きくる秋陽の中のたまゆらの椅子

秋の夜の旨酒にも似て沁みとほる　耳朶を伝ひて落つる弦楽

亡き父の窯変もどきの抹茶の碗みどりの泡のわが口に触る

砂糖菓子のやうにふんはり釉薬のかかりし萩の器のぬくもり

舞ふ雪はメタセコイアの円錐にレース編みゆくたちまちに編む

玻璃窓に冬の指文字透きとほり前衛文字となりて滴る

ゆつたりと児に含ませし遠き日を湯船におもふ氷雨の降る夜

宗達の鶴

大和歌謳ひし絵巻の面《おもて》より宗達の鶴いまし飛び立つ

十三メートルの料紙に鶴の群れ百態　宗達の鶴黄金《きん》の脚伸ぶ
（群鶴図）

群れ鶴の極みと言はむかうかうと無限の空へ鳴きわたる声

杉の戸にぐいつと描かれし白象のゐさらひゆつたりもつこりまろし

いかづちの筋骨鬼のごとなれど鳴りもの担ぎなどか愛らし

（宗達の風神雷神図建仁寺）

水墨の牛の筋骨盛り上がるたらし込みとふ技法に描かれ

宗達の墓いづくにと雨の中　やうやく見つく合同墓地に

乾山《けんざん》の角皿に光琳の白牡丹　洒脱なコラボは兄弟ならば

タチアフヒ煤竹色に描かるる筒型茶碗は古武士とも見ゆ

あな恐し箒持つ僧書を持つ僧せせら笑ひつ窯に焼かれぬ

（寒山拾得の絵皿）

両の足揃へ睨むや拗ねたるや上目使ひの竹林の虎

時空超え雷神駆けくるそのポーズ　歌舞伎役者の見栄切るに似て

興奮の人ら渦まく知新館　列に並びて絵はがきを買ふ

博物館出づれば夜空にサーチライト　アディオス琳派今日はお別れ

大玻璃の窓に散りゆくメタセコイア　ささやき交はす黄葉のいろ

台風に打たれ傷みし欅の枝　玻璃の真砂か露の光れり

運　慶

朝まだき岬の端の漁師の家覆ふばかりに白波の立つ

ラウンジの玻璃の大窓あかねさす日の出待ちをり宿のテラスに

「魔除けの辻」とふ立て札に結ばるる御幣を拝み峠《たを》を越えたり

弓手なき月光菩薩秘めらるる奈良の古刹に射干の花咲く

正暦寺の谷に群れ咲く射干の花思ひつついま一輪を活く

境内に焼く幾千の人形の炎の中の白き顔・顔

ひらひらと枝を離るる黄葉の谷の水音に吸はれゆきたり

ガラス越しの如来の御面さだかならずさはれ輝く千年の耳

（運慶の如来座像）

ガムランの音

たちまちに機体は赤道越ゆるらしマングローブの密林広ごる

赤ワイン流せるごとく空染めて棚田の果てにバリの陽は落つ

ガムランの音色やさしく聴きてをり遠の日唄ひしわが子守歌

石楠花の彫られしベッドに早も皆微睡みはじむ　まだ陽は高きに

籠に盛りしマンゴー・バナナ頭に乗せて寺院に向かふバリの少女ら

鋤を引く牛の幾頭をちこちに棚田は続きバリ夕暮るる

驟雨のごとざざーざざーと鳴る竹の音を聴きつつ竹になり寝《ぬ》る

モンステラの葉の切れ込みは熱帯の散弾のごとき雨を逃がせり

バリヒンズーの神奉る御堂に摂る朝食　花の香りとガムランの音と

漆黒の闇へ手繋ぎそろりゆく影絵芝居《ワヤンクリット》の灯ともる店へ

鳥獣戯画

青もみぢ散り敷くきざはし登りきて鳥獣戯画の前去り難き

平安の蹴鞠に遊ぶ兎《と》や蛙　鳥羽僧正の筆やはらかき

栂尾のまひるま杉の梢より天空のひかり縞なして落つ

風の盆御簾の向かふに泣くがごと胡弓弾きゐる人影ありて

編笠に深く沈ます想ひとや胡弓しみ入る風の盆唄

見あぐれば天より落つる那智の滝とどろく真中に観音の見ゆ

時雨来て主庭のもみぢ濡るるともはるか比叡《ひえい》山に茜さしくる

（円通寺）

瑠璃光院の山門出づれば時雨きて　蛇の目の傘の匂ひ立ちくる

一輪の花かろく持つ観音の見目描くなり黒きコンテに

二月《にんぐわつ》の梅匂ふ日なりやうやうに熱海のMOA美術館に着く

大屏風に気圧されじりじり後退る　二曲一双眼に納むまで

（尾形光琳　紅白梅図）

踵に立つ紅梅はをのこ　白梅の雅ぶるしだれはをみなと観たり

屛風のまなかをくねり流れゐる金の大河の滔滔として

ガレの火の色

しんしんとアダモの唄ふ「雪が降る」昼の茶房の暗ぐらとして

低音の弦震はせてヨーヨー・マ「無伴奏」奏づる愛用のチェロ

大画面に提琴の胴映されて光るトッププレートあまた傷持つ

日出《にっしゅつ》の瞬間にただ会ひたくてかぎろひの空仰ぎつつ行く

冬枯れの遠き木末に咲き満つる花と見紛ふ夕映えの雲

鈍色の空を摑みし冬欅孤高の時を立ち尽くしゐる

しんしんと降り積む雪のとめどなく　バンドネオンのソロの調べに

ベネチアン・グラスの中に透明の熱帯魚棲むグラスを揺する

目瞑りて夕陽浴ぶれば眼裏に　ひたくれなゐの画布のひろごる

忘れ得ぬエミール・ガレの「ひとよ茸」心の奥の森に棲みゐる
（ひとよ茸ランプ）

茸の傘ふちよりはつか朽ちはじむその一瞬に生の燃え立つ

ひと夜に朽ち夜明けの菌によみがへる茸は火の色　ガレの火の色

ガラス壺の黄水晶なる蜻蛉《とんぼ》の目滅びゆくならむ鈍く濁りて

（蜻蛉文の花瓶）

エミール・ガレのガラスの蜻蛉死してなほ茜に向かひ飛びゆかむとす

戦ひに傷みし野薔薇にこころ寄せガレの創りし「フランスの薔薇」

「ローズ・オブ・フランス」時を忘れて観しわれの心を包む諏訪湖の夕陽

木漏れ日の煉瓦路踏めばさみどりの苔やはらかに目地より生ふる

おぼろ月燻しの銀に輝くも木蓮の花朽ちてしまへり

ミューズの微笑

秋篠のみ寺の門をくぐるとき胸の高鳴るやうやう逢へると

伎芸天は何を見たまふ御まみは前の世に見し人なるらむや

その微笑に絡め取らるる心地する伎芸天女の波うつ微笑に

ヴィーナスと呼ぶにふさはし肉厚の素足に立てる伎芸天女は
身も面も剥落の跡見ゆれどもなほ嫋やかに天女は在す

仰ぎ見るスポットライトの輪の中に髪結ひ上げしミューズの微笑

萩揺るる秋篠寺のひと隅に「香水閣」と名づくる井戸あり

もの思ひせしつかの間に鳩羽いろ昏れて古代紫の雲

松の葉に宿る朝露プリズムになりて千露の宝石《いし》と光れり

葉牡丹のうす紫のちぢれ葉に誰れ結びしや白露の玉

幼の日母結びくれし帯揚げの鹿の子絞りの今朝がたの雲

うす紅の絵の具含みし筆先を画仙紙におろす刹那の滲み

チェロ奏者の弦

神苑の水面のさくら風に乗り　チェロ奏者の弦おほきく揺らぐ

意気高く羽を広げて鳳凰は奈良の古寺の火櫃に飛びぬ

夜の更けに銀の小舟を漕ぐは誰れ　臥所の窓に半月のゆく

ミモザの花風に揺れつつ唄ひゐる東雲の空雨上がるらし

黒御影の晶子の歌碑にざんざんと篠突くごとく蟬声の降る

夏の日はまだ沈まぬに酔芙蓉ほろほろと紅酔ひて候

空の果てゆ放射されゐるすぢ雲の六斎念仏「土蜘蛛」の糸

赤く燃ゆるもみぢの下に紹益の吉野太夫を恋ひし碑のあり

舞楽殿に今しくすぶる薪あと　巫女の気配の漂ひをりぬ

宵えびす神楽の鈴を振り鳴らしかんむり妖しく巫女が手招く

没つ日の背より照らす坂の町　九頭身のあが影のゆく

楽美術館

ミッドナイトブルーの空に二月堂の屋根の風鐸切り絵となりぬ

十一人の僧駆け巡る闇の堂だだんつだだんつ高下駄の音
（お水とり）

沈丁花の匂ひ立ちくる背のあたり絡まりてゐる憂ひに気づく

入相の鐘の余韻を追ふごとく散りゆく気配す白梅の白
（沢庵寺）

雑木林に陽は昇りきてちかちかと荒草の露靴に光れり

きりきりと矢尻のごとき苞をあげ和蘭陀《オランダ》海芋《かいう》戦の構へ

秘めやかなこの苑にゐて蓮の葉に露のふれあふ音を聴かなむ

クリスタルのまろき朝露たゆたゆと湛へて緑《あを》き酔妃蓮の葉は

お妃の酔へる姿に咲くといふ酔妃蓮の花いまだ蕾みて

白妙に薄きくれなゐきざしつつ大輪の蓮いま咲きそむる

連獅子の赤毛ふたすぢ舞ひきたり蜻蛉となりて蓮池のうへ

気に添はぬ焼成なりと黒楽の割られて散るや一片《いっぺん》の艶《えん》

霜月の楽美術館の昼下がり　しんと黒楽と対ひあひたり

黒釉のにぶき光に鎮もれる触れたき思ひ手捏ねの器

櫟《いちひがし》樫の木彫りなるらむ小面《こおもて》の頬に浮きゐる年輪の渦

五箇山の櫟の木彫りの小面を迷ふ事なく購ひし友

リビングの鴨居にかけて九年経てば古りて小面は飴色なすとふ

両の手に包めばしづかに添うてくるゆつたり大ぶりの薊絵の湯飲み

灰釉を無造作に掛くる生地の色　薊の花のいちりんの紅

いつまでも包む手のひらに陶ぬくし作りし人と切に会ひたし

さみどりの風やはらかくページ繰りきろろきろきろ杜鵑啼く

羽根を打ち螺鈿の鶴は飛び立たむ光悦翁の漆の棚の

なまこ壁続く津和野路急き歩む鷗外の生家まだまだ遠く

真夏陽をよけるパラソルの藍の色　なほ深みゆく憂きことのあり

濃き霧に包まるる立山頂上に這ふごと登りし夏の日のうつしゑ

（雄山《をやま》）

見下ろせば地図なる形そのままに能登半島のくつきりと見ゆ
（弥陀ヶ原より）

唐松は萌黄の色に芽吹きたり澄める地下水こんこんと湧く
（上高地）

八万個の電飾トンネル「青ざめし蛇」群衆を吸ひ発光をせり

艶やかな皮革《かは》の細工を思はする柿落ち葉いちまい手帳にはさむ

傾ぎつつ空の果てまで雲流る鯖の縞目の波動を持ちて

よしこのリズム

古民家の庭覆ふごと丈高き西洋擬宝珠株を張りたり

漆黒の梁の太きを仰ぎ立つ百七十年燻されて来し

藁しべと葦とすすきに屋根葺けばなべて「かやぶき屋根」と呼ぶらし

茅葺きの屋根裏の梁をがつしりと締めたる幾重の縄の十文字

南北に風吹き抜ける古民家のくりぬき窓より水車小屋みゆ

やうやくに陽の差しきたる山峡の狭霧晴れゆく柚子の実の家

庭隅の夏柑の黄の色づくも怪微粒子の飛ぶ世危ぶむ

引き揚げ船の着きし港に自衛隊の艦船泊てゐる　ただに静けし
（舞鶴）

一握り掌にきしゆきしゆと砂の鳴く夕影染むる琴引浜の

白鷺は銀杏並木の黄金を裂きてひとすぢ白をひきたり

鞆の浦の対潮楼に昇りきて朝鮮通信使の絵図に見入りぬ

朱華色《はねずいろ》に染まりし雲の筆跡の自在に走る前衛の書に

欅大樹の根方の蝸牛動かざる渦をかつぎて化石のごとし

ちぎれるほど羽ふるはせて叫ぶ蟬三十七度の敷石の照り

八月の陽に炙らるる坂道をモミヂバフウの陰選りのぼる

「やつとやつとさー」よしこのリズムに女踊り浴衣きりりと利休下駄跳ぬ

「奴連」の踊りの名手に喝采の群衆どよめく夜の大通り

阿波踊りフィナーレの合図に浮き立ちてどよめく坩堝に二人紛れぬ

交響曲一番ヒロシマ

黒猫のやうなフォルムのシンガーミシン昔むかしおじやみを縫ひし

しやらしやらと中味の小豆ふれあへば「小さい橋渡ろ」おじやみに興ず

「井辻朱美」の詠める世界の謎めくも強き磁石に捉へられたり

「交響曲一番ヒロシマ」巌然と在りて現世の争ひの外
（佐村河内守の偽作事件）

包丁目入れてごはごは筍の皮を剝がせば生きものの匂ひ

ゆで筍《のこ》の姫皮剝けば十二単衣まとひて雛の香りつつ出づ

見下ろせるなだりを埋めて紅色のトキハマンサク花咲き盛る

カシュカシュと落ち葉踏み行く耳ごこちよろし笠置のけもの道たどる

薔薇の向き変へむとするも直ならず力の入りて棘深く刺す

ルーペ付きのピンセットにて抜かむとしまざまざと見る黒きトゲ尻

時の間を縫ひて巡れるショッピング藍染めの服に三度の逢瀬

大獅子の駆くるがごときあかね雲平等院の屋根覆ひたり

「水を掬ひ月は手に在り」僧侶の書に寄りて座りぬこころひろらに

岩走る垂水の淵の羊歯の葉に木漏れ日ちりぼふ白銀のいろ

熊蟬の声のしき降る真昼の苑ましろき大輪「巨椋蓮《おぐらはす》」咲く

もくれんの葉を打つ雨は小太鼓の連打かはたまた大太鼓なる

白光を放ちつつ分裂くり返し四方の空に羊雲消ゆ

線香花火の火花のかたちに細枝を勢ひて張る南京櫨は

友禅の絵柄のやうに活けらるるナナカマド・百合・竜胆の花

マーラーの影

大寒の散歩の帽子の鍔の先　はつと気付きぬ蠟梅の香に

蠟梅の匂ふ雛なるレストラン「菩提樹《リンデンバウム》」と名付く古民家

月ヶ瀬の梅のひと枝を碧空に嵌め込むやうにシャッターを切る

寒の空に大き宿り木孕みつつ団栗の樹のゆるぎなく立つ

阿弥陀堂の池水はつか濁りゐて蓮の根茎深く沈みぬ

降る雨もみな重力をまとへるに空にキロキロ山杜鵑

楠の葉を裂きて揉みたり　幽かなる香りに母の気配のありぬ

台風より守らむと今朝剪りて来し白き木槿の底のむらさき

幾重にも楕円に巻かれ砂利庭にブルーのホース雨に濡れゐる

漆黒の墨を吸ひたる太き筆　勢ひ走りて「動」の字擦るる

玻璃の弦にて奏づるならむ幽けくもこころ震はすひぐらしの声

光遊ぶ緑の細道たどりゆく茶房のみゆる曲り角まで

浪漫の響きせつなくアダージェット　蒼を醸せるマーラーの影

器に受けて一気に飲み干すカムイワッカ水のニンフの喉《のんど》に踊る

エゾクワンザウ咲ける「龍の背」歩みゆく木道・吊り橋・切り立てる崖

夏の日を透かしてあかあかナナカマド積丹岬の木道に燃ゆ

吊り橋の鉄柵たどる岬への道につつましツリガネニンジン

海峡に今し夕陽の沈みゆく「岬の湯」にて四肢伸ばしつつ

魁夷の馬

「花明かり」二首

「花明かり」魁夷の絵なり　満開の桜と月の希なる出会ひ

咲き満つる枝垂れ桜に吾がこころ救はれゆきし遠き日のこと

絵画展追ひかけ行きし大阪神戸病の癒えし喜びもちて

フィンランドの湖《うみ》の蒼さよほとり行く魁夷の馬の染まらぬ白さ

針葉樹林の蒼く投影なす湖にモーツアルトの旋律《りつ》いつも満ち

訓練の弾丸抱へ野を駆けつつ桜島のいのち思ひし画伯
（東山魁夷生ひ立ちの書より）

五月六日唐招提寺の障壁画の前に画伯と目見えし驚き

絶筆の「夕星」にわれは誘はる　沼の向かふの星明りまで

グラン・パ・ド・ドゥ

北窓に八つ手の葉つぱの影踊るグラン・パ・ド・ドゥ光溢れて

影は踊る八つ手の葉先のトウ・シューズ風の吹くたびキュルキュルと鳴る

珊瑚色の虫食ひ落ち葉の艶やかさ　アートなレースを手帳にはさむ

黒塚の古墳の池に鴨六羽まどかに泳ぎ水の輪生るる

ずつしりと重き三角縁神獣鏡レプリカの鏡面磨かれて居り

渓流に沿ひてくの字に飛び石をくだればちさき沢に出でたり

精霊蜻蛉滝落つる沢の石のうへ球形のまなこの見つめゐるもの

わが肩に触るるたびにぽろんぽろバリ島土産の竹製チャイム

パラソルの影はゆつくり坂のぼる　炎天まひるわが影消して

宇治川の瀬音に沿ひて舞ひゆけるつがひの白鷺やまぎはに消ゆ

クリムトの絵画の架かるコーヒー館　金・銀・黄・黒に目の眩みたり

とりつく島一点も無き豪華さに押され圧されぬクリムトの絵に

エミーリエの素足は花野のきりぎしに一歩退れば深き淵なる

見るわれは拒まれ放られクリムトに　されど黄金ふたたび見たし

頤をますぐに上ぐる白塗りのエミーリエの纏ふ渦巻きドレス

クリムトの一度抛りてまた魅する多重の仕掛けにからかはれゐる

胡粉のごと白き顔《かんばせ》目を閉ぢて　エミーリエは今empty

又三郎の風

無窮花《ムグンファ》の花はひと枝に二輪咲くを愛でつつ剪りぬ　梅雨の明けたり

無窮花の花の坩堝に嵌まりゐて右往左往すクロアリ一匹

いつの間にいづこより来しクロアリのわがパソコンのキーを打ちゐる

リスペクト・デリケートな美・信念とふ花言葉打ちて歩めよクロアリ

クロアリよあなたの先導ありてこそ　木槿の蜜の中にお帰り

バス席に伐折羅大将爆睡す脇侍に長髪の美女侍りゐつ

融通の利かぬ夕陽はことさらにメタセコイアの錆朱を照らす

群雲の中より出でし満月のひかりを満たす余呉のみづうみ

金のあぶくを喉《のみど》上げ追ふ九匹の琉金のひれ透きとほりたる

朱の実のしるき南天の大枝を丹波の茶壺にゆつさりと活く

ほのぼのと灯る旅籠の軒灯り「奈良井の宿」の街道筋は

曲げわつぱ・木杓文字・漆器作りゐる街道筋は江戸の匂ひす

夜に入りて街道筋は深き闇　ほんのりともる旅籠の灯り

二階家の千本格子ゆのぞき見る軒灯《あかり》に浮かぶはお江戸の人や

牛石ヶ原のブナの林を行き行けば突如現はる牡鹿一頭

一頭の牡鹿と眼合ひたれば身はしやちこばる、ひるむ、たぢろぐ
鹿の背の紋は艶めきぬめらかな光を放つ森の奥処に

天を突く大樹の梢がうがうと又三郎の風と娘《こ》は言ふ

崖つぷちぎりぎりに寄りのぞきたりぞはりと迫る千尋の谷

倒木となりて苔むす大樹の上　あまたの茸さんざめき生ふ

下山するくの字の道は険しかり翻筋斗《もんどり》打つごとバスは弾みぬ

鴛鴦や嘴《はし》紅にしていづちゆかむ春の白川下りゆきたり

アクセサリー・染布・陶器手作りのあまたの露店「平安楽市」

オレンジの太陽色のジャケットをどうぞお召しと招くマネキン

ジンジャーの花の香りに誘はれて寄れば先客蟻の動けり

鎌あげてみじろぎもせぬ蟷螂の哲学者めく夏至の三和土に

ひやひやと木綿ローンのブラウスを通り抜けゆく樹を揺する風

裏を見せ表に返り渡り行く横断歩道のポプラの枯れ葉

ガラス戸に水絵のやうに映りゐる秋のゴーヤの残り葉の影

カーテンの隙間より差す陽のひかり浮塵《ふじん》きりなく窓辺に吸はる

絹のベール二重《ふたへ》まとひてやはらかに十三夜の月諏訪湖畔に出づ

水琴窟のかそけき音と聴き紛ふちひさき絵馬の風に鳴る音

秋静か亀岡盆地ゆ見霽かす狭霧の果ての銀杏の大樹

フィッシャー・ディースカウ

寒風にわが頬痛く打たれつつ　ディースカウの声聴きつつ歩む

「冬の旅」切なく厳しディースカウの芸の極みの声響きたり

つくばひに溶けてゆくなるうすら氷か空に残れる月のはかなさ

さくさくと朝霜踏めば思ひ出づ記憶の中の落ち葉踏む音

祠なるしづもる水を掬ひたりこぼるる水音にいにしへ甦る

吾亦紅あかむらさきの萼あぐる揺るるともなく秋のくさはら

エチオピアのカファアといふ町赤き実を火にくべたれば香り立つコーヒー

清らかな泉がふいに噴きいづるモーツアルト八歳のヴァイオリン・ソナタ

年の瀬に風邪《ふうじゃ》をもらひ床につく耳のみ生きてラジオのワルツ

偏頭痛こらへてひと日繭ごもり　加湿器ほわほわ霧を吹きゐて

本箱のガラスにぼんやり映りゐるベッドの中の病み顔三日目

草間彌生

一体に円とはなんぞや　太陽に月に地球にボールに仁丹

つるつると滑るがごとき白玉の団子はあづきの円と親しむ

かぐや姫竹の円より生れ出でまろき月へと還りゆきたり

チョコボール食めばこころは丸くなる舌にころがすしばしの幸を

ドットとふ単純が世界を席巻す　水玉の服なる草間彌生は

さもありなむ七宝つなぎに青海波・江戸小紋なべてかたち単純

水玉の服に北京の金メダル草間彌生にぽんぽんダリア

赤髪の草間彌生《やよひ》に聞いてみたし敗戦の「日の丸」いかがなりやと

まだまだに限りも無くて円は有るミサイルの円《ゑん》筒砲弾の丸

風のアダージョ

樹下より日向に向かふ六月の風のアダージョこころ凪ぎゆく

娘と二人尋ねたりしは霊仙寺　薔薇の館と呼ぶにふさはし

白拍子の舞ふ袖に触れ竹の葉の散るにあらずや祇王寺の庭

冬ざれの夕陽は落つる火の色にちぎれちぎれて松林の果て

戸を繰れば音立てて散る木蓮の仮面のやうな巨き葉に遭ひ

モミヂバフウの彩ばつさりと剪られゆき並木街路は容赦なく冬

まほろば線二両電車の揺れゆれて京終《きやうばて》・帯解・櫟本に止まる

吾が名付く「翡翠の台地」また見むと沼すぎ池すぎ山の辺の道

布留の女神あまたの翡翠揺するらむ萌ゆる新芽のかがよひやまず

意味のある文字《もんじ》となりて白雲は散らし書きなる茜の空に

小鳥より巧く囀るフルートの音の響けり　朝の照り雲

ビアンカの出航絵のごと辷り行く霞立ちけり北の琵琶湖は

水馬《あめんぼ》の針金に似る脚六本つんと突つ張る表面張力

寺近く山の辺の道にこそありし富有柿は跡形もなく
（長岳寺）

四頭の象に乗りたる普賢菩薩　堂裡《だうぬち》くらく面輪の見えず

昔日のまましづもれる厨うち土の匂ひす古竈ふたつ

カルメン幻想曲

ルールなき蝶の飛び方きまぐれに「へ」の字の軌跡宙に残して

いづくよりか樫の実ひとつまろび出づ　激しくも灼く晩夏の光

湖東平野の空はカンバス雲を描くターナー・ゴッホ・モネの居たりて

電線の撓みて鳥の止まりたり　まさに五線譜あやふき空に

而して晩夏のひかりはゆるびゆき秋のタクトは振られたり　さあ

「メフィストワルツ」魔物の跋扈するミステリーつぽく時に威嚇す

名も知らぬ黒き鳥なり細枝の梢に止まりて睥睨なすは

影のごとその夫に添ふ女人《をみな》の服つるばみいろの黄昏に消ゆ

木の間より漏れくる月光浴びて舞ふ蝶か紫紺の翅を広げて

フルートの「カルメン幻想曲」聴きながらしづかに手に乗す甘栗大粒

甘栗といへども堅き鬼皮あり立てたる爪のずきりと痛む

二本の角頭《づ》に生やしたる鬼の面　音無く舞へる夕べの初雪

甘栗のやうなる鬼になりたき日　黄の蜜柑ひとつテーブルにある

角まるめすつぽり入る吾が壺中あんぐわい広い処でありぬ

突然の震度三なる地の揺れに同じく甘栗震へてゐたり

アンドリュー・ワイエス

ジグザクのスロープの通路にワイエスの絵を見し美術館上伊豆あたり

刻を経て半ばおぼろになりゆくも「薄氷」その絵は鮮やかにあり

夥しき落ち葉を入り江に閉ぢ込めて「薄氷」初冬の光の中に

隣人の移民の娘はクリスチーナけなげに生くるをあまねく描く

枯れ落ち葉くれなゐ・黄葉・錆朱色小雨に濡るるるちぎり絵の道

宝物館の扉をそつと閉めむとすにはらり舞ひくるひと葉のもみぢ

ウラジミール・トロップ

昭和の御代夫の父は海軍なりき　幼の日より戦艦好みし

風景画・古民家描きし夫なるも六十号の「廃船」受賞す

傷負へる鳥を癒やしし由緒あるコフノトリの湯にまず荷物置く

からころと駒下駄鳴らして宿を出づ城崎の外湯いくつ巡らむ

縄文の昔に湧きいでし神秘の水「平出の泉」の白緑のいろ

静もれる集落抜けて平出遺跡《ゐせき》まで奔る水路に沿ひてくだりぬ

はるかなる世の水音を立つるかな　柄杓ゆこぼるる桐原の水

（宇治の七名水）

邪気・妖気くまなく払ふ破魔矢なりキラキラ揺るる飾りの鳴れり

人形《ひとがた》にあまたの願ひ書きたくもたつたひとつの願ひに賭ける

塩加減薄き御節《おせち》を心掛くるもままにならぬは白味噌雑煮

「紅映《べにさし》」とふ紅の仄かな紀州の梅　玻璃に盛りたし夕暮れの窓

つぶらなる朱実の南天ひと枝を活くれば重く壺より垂るる

トロップのピアノ何処ゆ流れくる青苔ひかる煉瓦路行けば

（ウラジミール・トロップ）

ムジーク

尾根道をわれの先行く弟よ　竜胆咲くまで待つてはくれぬか

いち早くジャングルジムの天辺に登りて両手を振りし幼な日

高きもの好みし弟の設計の三角屋根の家は懐かし

弟の考案に成る父の墓　背のびをして柄杓を使ふ

速攻の一理ある言《げん》返りたり　ヘビースモーカー指摘したれば

午後四時の時間よ止まれ今しがた汝の仕草のあまた顕ちくる

あのビルが最後の仕事と弟の指差すところ霧の雨降る

（大阪難波のビル）

みんなみの空ゆ放射すうろこ雲　うねる大蛇となりて昇りゆく

振り向かぬただひたすらな後姿《うしろで》の尾根道越えていづこに向かふ

袋帯の織の経糸朱と金のつづれ織りなす今日の夕雲

なんといふ赫き色の夕雲かほとぶるまへの熾《おき》の火の色

泥染めの大島紬の雀色　渋き艶もてさつと広ごる

めまぐるしく交差なしゆく反物を決めかねをれば夕雲消えぬ

西山の夕焼雲の消え失せて　すとーんと一帯むらさき鼠

レストラン「ムジーク」に浅き春の来てフランス窓に白梅ほろろ

クラシックの例会ムジークの四時間半　逸品レコードこよなく響む

SPのレコードの音《ね》は古民家の梁のごとくに燻されてきし

友人と即興で合作「ムジーク」にて

昼下がりかすかな木漏れ日揺るる窓
（中原）

衣笠山《きぬがさ》の頂きはつか見ゆる窓
（中原）

「魔弾の射手」を茶房に聴けり
（清水）

夕光《ゆふかげ》さして響むブラームス
（清水）

ＳＬの「貴婦人」静かに停車せり　光る線路の交はるところ

「貴婦人」の磨き抜かれし大車輪　鈍き光を放つ鋼鉄

メカは美し　ＳＬのシャフト・猟銃の鋭《と》く磨かれて指当つるところ

自画像

ＣＴに病理検査に超音波　なべて託さう透ける空にも

パソコンのデータ・点滴カートに積み声の優しき看護師入りく

眠るやと思《も》ひしが真夜を白髪の夫は自画像描きてをりぬ

病室の窓より見ゆる流れ橋　スケッチ始むひさびさ夫笑み

しきり降る雨は汝が身に重たきかぐぐつぽぐぐつぽ山鳩の啼く

寿長生《すなゐ》の郷《さと》梅の林の下照る道　やはき土踏む今日は啓蟄

ゆつくりと歩みてゆかむ娘らも揃ひ夫はベンチにスケッチはじむ

蛇、蛙蝶のさなぎも醒め出でてむつくり持ちあぐ梅林の土

おのづからなる結界を定めつつ落つる椿のけざやかな色

明け六つの神宮に鈴ならしつつ願ひ事いくつ娘と私

気分はと問へば役者の長せりふ格好良く言ってみたきと…夫は

まなこ開きまた閉ぢるなりゆうらりと梅花藻水に揺れゐるやうに

幻覚見ゆ、描くものを…と夫言へり　急ぎわたせば確かなる筆致

夫描きし最後のいちまい　輪になつて子等踊りゐる　マティスにも似て

うろこ雲瞬に染まりて下降はじむ　上品阿弥陀来迎図《じやうほんあみだらいがうづ》となり

飽かず眺む白銀《しろがね》の月一夜さを天空を旅す孤愁あらずや

湧き上がるごと塩辛蜻蛉《しほから》の飛ぶゆふべ九月のとんぼの不思議なる群

八面と十六臂もて鞠のごと弾むししむらインドの女神

豪奢なる頭《づ》の装飾の目立ちたる野中寺の仏は半跏に座せる

サイバーバード協奏曲を聴いて　（吉松隆作曲）

大音響に電子脳の鳥闘へり嘴をもて羽根毟りあひ
（第一楽章）

サキソフォン奏者は魅する時折に本場のジャズのテイストをそそぎ
まなこをば白黒させて現世見る　サイバーバードは未来より来る

雌鳥のべに色の脚しづかにもかたみに踏みてよぎりゆきたり
（第二楽章）

今は亡き者を恋ふるか哀しみの雌鳥しづか誇り高く死す

作曲者のモードとなりし胸底の残響音のいまだ消えがて

台風の荒るるひと夜をいづかたに耐へゐたりしや朝一番の蟬

病棟の西窓に立つこんなにも夕陽は熱をガラスに溜めて…

自が感覚持つものみんな危ふくてブラックホールに吸ひ込まる　きつと

娘《こ》の押しくるる車椅子ゆ大文字の赤く燃ゆるをまなかひに見つ

手廻しの細きタイヤを操りてC病棟行くわが車椅子

動く、動く眼下の炎暑に人、車　術後十日の景を忘れじ

ふと目覚む真白きシーツに縞目見ゆああ煌々とブラインドの月

ルドンの絵

いち早くコロナウイルス警告せし医師を隠蔽抹殺したり

さながらに野戦病院のごとき映像驚く早さに建てし病棟
（武漢）

なにもかも消毒せむと宅配の荷物もなべてアルコールスプレー

武漢封鎖解除したりと今日のニュース浮かれし如きネオンのまたたき

ルドンの絵「smiling spider《笑ふ蜘蛛》」なる手足もげば忽ち変化すコロナウイルスに

冬苺は鶏《とり》の冠のごとく見ゆ　ウイルスニュースばかり見をれば

世界地図北半球を染める赤　人をも国をも焼き滅ぼすウイルス

うめきつつ廊に転がる病人《ひと》の間を縫ひて急きゆく医師看護師は

ぴりつぴりつ煌めく秒針この一秒　ウイルス戦との重き一秒

軍神《いくさがみ》阿修羅三面六臂もて　救ひ給へな闘ふ医師を

ウイルスに騒然となる世の中に夏柑ゆつたり黄の実熟しぬ

アルマーニはファッションよりも防護服へ転換なしたりいと早ばやと

天上の声明

在原業平の里ちかくなりと民宿の主人案内しくれぬ

業平の余生送りし里といふかや葺き集落時止まりゐし

やはらかなかやぶき屋根に人住まふ気配はあれど世離るる里

雑木林の木漏れ日のもと業平のちひさき墓はひつそりと在り

しめり持つ煉瓦の上に散る落ち葉ウィスキー色に染まりて晩夏

銀の刷毛持ちてあまねく掃きしごと小芝が原の今朝の白露

入院の我が師思ひて白梅の香る苑の辺しばし歩みぬ

灯を消して満月出づるを待ちをれば鏡に映る我が影うごく

電線の上に架かれる真夜の月うす紅おぼろ雲隠しゆく

暮れ六つのくもりなき空フルムーン　天の底《そこひ》をくり貫きしごと

薄紅のいろ差し初むる二枚の耳俄に意思を持ちはじむるなり

（岡田三郎助のをみな）

山椒魚「井伏鱒二」の岩屋には居らず梅小路の水槽のなか

岩石かはたまた苔生す大木の太き根つこか水底を這ふ

頭と尾を確認したり岩のごと苔生す体は一メートル余

山椒魚は別名半裂きといふらしも顔の半分上下に裂ける

堂々たる巨体なれども目は退化　貝ボタンのごとちさく愛らし

厨窓あくれば八つ手の葉が見えて京都鞍馬の山椒煮てゐる

コロナの年カラーの花はひときはに真白き苞をあまた掲げぬ

京鞍馬の天狗が守りくるる故このキッチンにコロナは来まい

やうやくにウイルス退散確かめてはびこる荒草そつと引きたり

大原の勝林院のサヌカイト　ぽろろん打てば時空越えゆく

「サヌカイトいい音色です」天上の声明《しやうみやう》に和する星の音のやう

青嵐《あをあらし》去りしあしたの薔薇の葉に手触《たふ》れば露の玉のこぼるる

雨と陽と風をたくみに受け入れて　五月のさきがけ紅ばらいちりん

雨止みてばらの穂先の幼な葉の影ゆれゐたりひかりの柔く

大輪の紅ばらまづは一輪の重量感もてわが庭を統ぶ

跋

前川　登代子

著者、清水泰子さんと親しくお話をさせて頂いたのは、岡部桂一郎の『一点鐘』の勉強会であった。毎月一度、その日学ぶ対象の頁の中から、自分の心に留った一首を取り上げ鑑賞文を書くという形で長く続いた。

首長きガラスの瓶の立つ窓に藍いろふかき空しずまりぬ　　岡部桂一郎

この一首に対して、清水さんは

葛原妙子の〈晩夏光おとろへし夕　酢は立てり一本の罎の中にて〉を思い出した。ガラス、罎、窓などいずれも無機質なこれらの語句が共通し、情景は似ているが、岡部の歌は藍色の空がしずまるところで止まり、窓辺の温度は低く、冷たくさえある。また葛原の歌は「酢は立てり」の五音によって窓の向こうの異次元の宇宙に突き抜けていくようで、窓辺の温度は未だ高い。

と読み解いておられる。岡部と葛原のそれぞれの一首から、感受する温度へと思考は拡がってゆき、二つの瓶に込められたモチーフの決定的な違いを指摘されている。

著者自身もエミール・ガレや藤田喬平のガラス工芸に惹かれると聞いたことがあり、

ひと夜に朽ち夜明けの菌によみがへる茸は火の色　ガレの火の色
ガラス壺の黄水晶なる蜻蛉《とんぼ》の目滅びゆくならむ鈍く濁りて

など、北澤美術館にてエミール・ガレの作品を見た時の、熱を帯びた歌へと繋がっている。

六十代で短歌を始められた著者は、家族で遊んだ百人一首が原点だと言われる。百人一首の煌びやかな言葉と美しい調べに夢中になられた彼女の歌は、あまり生活の匂いがしない。日常に即して詠うのではなく、特別に感動したものを歌にしたいという思いをずっと持っておられるようだ。それはたとえば絵画であったり、音楽であったり、旅であったりする。

十三メートルの料紙に鶴の群れ百態　宗達の鶴黄金《きん》の脚伸ぶ
杉の戸にぐいつと描かれし白象のゐさらひゆつたりもつこりまろし

大屏風に気圧されじりじり後退る　二曲一双眼に納むまで
フィンランドの湖《うみ》の蒼さよほとり行く魁夷の馬の染まらぬ白さ

宗達の群鶴図を詠った一首目は「黄金《きん》の脚伸ぶ」に伸びやかな筆致が偲ばれる。養源院の杉戸に残される白象図の「ゐさらひゆつたりもつこりまろし」には柔らかに描かれた白象の大らかな動きまで見えてくるようだ。三首目の尾形光琳の「紅白梅図」は、圧倒的な迫力にて描かれた二曲一双の屏風であるが、それを眼に納めんと後退る作者にも、見尽くさんとする迫力が感じられる。そして東山魁夷の代表作「緑響く」の、森と湖の深い蒼の中に描かれた白馬は、幻想的なその蒼の色調に紛れることなく佇んでいる。染まらない事を怖れない、私らしい歌を詠いたいという、作者自身にも当てはまるのではないだろうか。そしてこの歌から題名を選ばれた。

また日常の中でも絵画を感じる作品が何首もある。

宇治川に立つ大銀杏の荘厳にぴたりと嵌まるクリムトの金

クリムトの最も有名な作品は「接吻」だが「黄金様式」と呼ばれる金箔を多用した肖像画を多数手掛けている。作者は黄葉した大銀杏にクリムトのその「黄金様式」を重ねて見上げている。

湖東平野の空はカンバス雲を描くターナー・ゴッホ・モネの居たりて

ターナーもゴッホもモネも、それぞれ特徴ある雲を描いている。大空にゆったりと雲が流れてゆくさまを眺めながら、美術の世界へ入り込んでゆける豊かな知識は作者ならではのものであろう。

父君が尺八を教えておられた事もあり、作者も幼いころから琴を習っていたという。長じてクラシックへと興味は移り、音楽にも造詣が深い。

ジャズ歌手のジョニー・ハートマンの天鵞絨の声にくるまれ夏夜まどろむ
浪漫の響きせつなくアダージェット　蒼を醸せるマーラーの影
寒風にわが頰痛く打たれつつ　ディースカウの声聴きつつ歩む

「冬の旅」切なく厳しディースカウの芸の極みの声響きたり

ジョニー・ハートマンの声を天鵞絨の声と聴き、そのなめらかさに癒されるごとく眠りへと落ちてゆく。二首目マーラー作曲の「交響曲第五番」その中の「アダージェット」は愛の世界を描き、妻アルマへのラブレターだとも言われている。下句の「蒼を醸せるマーラーの影」は短調の多いマーラーの曲は、澄んだ「青」ではなく、暗みがかった「蒼」が相応しいという、作者の見解が端的に述べられたものだ。三首目、四首目はドイツの声楽家フィッシャー・ディースカウを詠ったもの。作者は散歩の時に聴く事が多いらしく、何より「冬の旅」に一番惹かれると伺った。寒風に吹かれながらも、ディースカウを聴いていると、きっと力が湧いてくるのだろう。音楽は作者の日常に、いつもそっと寄り添って響いている。

歌集の随所に詠み込まれている旅の歌、日常を離れた土地では、見るもの聞くものが心を捉え、琴線に触れた事であろう。

五箇山の欅の木彫りの小面を迷ふ事なく購ひし友

「やっとやっとさー」よしこのリズムに女踊り浴衣きりりと利休下駄跳ぬ
阿波踊りフィナーレの合図に浮き立ちてどよめく坩堝に二人紛れぬ
エゾクワンザウ咲ける「龍の背」歩みゆく木道・吊り橋・切り立てる崖
下山するくの字の道は険しかり翻筋斗《もんどり》打つごとバスは弾みぬ
瑠璃光院の山門出づれば時雨きて　蛇の目の傘の匂ひ立ちくる

五箇山を訪ねた折りの歌は友人にスポットをあて「迷ふ事なく購ひし」にきっぱりと潔い友の性格を言い当てている。二首目、三首目は阿波踊りの徳島へ夫君と行かれた旅の歌。「やっとやっとさー」の掛け声が作者の弾む心を表わし、「どよめく坩堝に二人紛れぬ」には少し秘密めいた甘やかさも窺える。そして、エゾカンゾウの咲く積丹岬の龍の背「木道・吊り橋・切り立てる崖」とひと息に言い切った下句に、たちまち岬までの雄大な景色が広がって見える。五首目はバスが急カーブを曲がる様子を「翻筋斗《もんどり》打つ」と描写、そのスリルすら作者は旅の楽しみとするのである。最後の八瀬大原の瑠璃光院は同じ市内ではあるが旅の趣が窺える一首であろう。「瑠璃光院」という固有名詞の麗しさ、時雨によってさらに匂い立つ蛇の目傘。旅を味わう喜びもあるが、旅が醸し出すアンニュイな気分も少し混じっているように感じられる。

最後に草間彌生からドット、そして円へと繫がっていった一連の歌を見てみたい。

ドットとふ単純が世界を席巻す　水玉の服なる草間彌生は
一体に円とはなんぞや　太陽に月に地球にボールに仁丹
赤髪の草間彌生《やよひ》に聞いてみたし敗戦の「日の丸」いかがなりやと
水玉の服に北京の金メダル草間彌生にぽんぽんダリア
まだまだに限りも無くて円は有るミサイルの円《ゑん》筒砲弾の丸

作者は草間彌生の作品には惹かれるところもあり、拒否反応を起こすところもあると言われる。なるほど、だからこそ一歩退いた客観的な作品が出来たのだと思う。たとえば「ドットとふ単純」「円とはなんぞや」「敗戦の「日の丸」いかがなりやと」「草間彌生にぽんぽんダリア」など、心酔していれば見えてこないパーツが、明らかにされ、独自のエッジの効いた面白い作品に仕上がっている。五首目の「ミサイルの円《ゑん》筒砲弾の丸」の発見は、現在のロシアの侵攻へと思いを導き、メッセージ性を含んだ一首ではないだろうか。

絵画や音楽に傾倒されている作者、この歌集の小題もそれにちなんだ言葉を選ばれてはと、提案した。それぞれの小題によって作者の個性が鮮明になっているのではと思われる。

また、歌集の口絵は、亡きご主人が描かれた「廃船」である。

風景画・古民家描きし夫なるも六十号の「廃船」受賞す

滋賀県立近代美術館にて賞を獲られた作品で、歌集はこの絵に包まれるようであり、夫婦の仲睦まじさの証のような一冊となった。

どの頁を開いても、作者の美意識が鏤められているこの一冊、多くの皆さんの心に届くことを祈っています。

二〇二三年二月

あとがき

私の子供の頃は、特にお正月などは、従兄弟たちが大勢集まり、家族皆でよく百人一首のカルタ取りをして遊んだものです。

読み手は大抵は母、時には父という具合でした。子供たちは下の句の札をそれぞれ並べるのですが、自分の十八番の札はさりげなく近くの目の届くところに配置するのが常でした。

「天津風《あまつ》…」とくれば「をとめのすがた…」と、いち早く札が取れるように。しかしその歌の意味するところ等は、全くもって知る由もなく、ただその言い回しと、韻律だけがずっと残っておりました。

平成二十四年に神谷佳子先生の「薔薇の会」を見学させて頂き、その日のうちに入会を許され、あと、結社「好日」と「かつら会」にもそれぞれ入社、入会させて頂き、それ以後ずっとご指導を賜って参りました。

社友に六年、準同人に三年、同人の二年目、そして、前に宇治の短歌会で学ばせて頂いた九年を通算しますと二十年という月日が流れました。

丁度切りの良いところで、この際、つたない歌ばかりではありますが、一冊の本に纏めてみようと思い立った次第です。

神谷佳子先生にいろいろご相談致しまして、お引き受け頂き、パソコンで打ち出した原稿の「旧かな遣い」を丁寧に直して頂きました。それから私は、相当長い期間をかけて、古い歌を迷いながらもカットし、新しい歌と入れ替え、全体で四百三十首程度になるように致しました。

その後、先生のご体調が芳しくなく、前川登代子先生にお願いして下さり、お引き受け頂くことになりました。

前川先生は、全体を、音楽、絵画、仏像、焼きもの、旅など、二十七の小題に分け、整理して纏めて下さいました。その中から、「魁夷の馬」を本の題名にする事と致しました。編集、校正はもとより、良く話をお聞きくださり、肌理細かなご指導を頂きまして本当に有り難う御座いました。その上、懇切丁寧なる跋文まで頂戴いたしまして、重ねて御礼申し上げます。

神谷佳子先生には入社当初からずっと歌のご指導を頂き、そして、温かいお心でお見守り下さいました。今回は、身に余る帯文を頂戴致しまして誠に有り難う御座います。心から御礼と感謝を申し上げ、御回復を心よりお祈り致して居ります。

好日の諸先生方には色々ご指導頂き、大変お世話になりました。お一人お一人に心より御礼申し上げます。

歌友の皆様方、温かいご交友、お力添え有り難うございました。

最後になりましたが、出版の為いろいろなご配慮と細部にわたる御助言を賜りました青磁社の永田淳様はじめ装幀家の上野かおる様大変お世話になりまして有り難うございました。

令和五年二月五日

清水　泰子

山内悦生　作曲

19ページ　紫海胆

心を込めて

Dm
A7 Gm
Dm
むらさきうに とるらしあまの ちらほーらー と あーりーそのなーみーの
A7
Dm
A7
Dm
しろきあたーりに しろきあたーりに

194ページ　紅映《べにさし》とふ

美しく

Em
Em
B7
Am
べにさしーとふ くれなゐの ほのかなきしゅうの うめ はりにもー
Em
B7
1. Em
2. Em
B7 Em
りたし ゆ ふくれのま ど どま ー ど

22ページ　舞ふ雪は

「万葉のうた」の作曲家、山内悦生先生がこの三首に曲をつけて下さいました。

好日叢書第三一〇篇

歌集 魁夷の馬

初版発行日 二〇二三年六月十四日
著 者 清水泰子
宇治市折居台三－二－一六九（〒六一一－〇〇二三）
定 価 二五〇〇円
発行者 永田 淳
発行所 青磁社
京都市北区上賀茂豊田町四〇－一（〒六〇三－八〇四五）
電話 〇七五－七〇五－二八三八
振替 〇〇九四〇－二－一二四二二四
https://seijisya.com
挿絵 清水正彦
装 幀 上野かおる
印刷・製本 創栄図書印刷

ISBN978-4-86198-561-4 C0092 ¥2500E